慈しみの風

壺阪輝代詩集

土曜美術社出版販売

詩集　慈しみの風＊目次

I

II

詩集　慈しみの風

I

春一番

立春を過ぎると
春一番が吹く日を心待ちにする
その風に乗って
母がかえってくるのだ

今年は
午後の公園を散歩しているとき
頭髪を巻き上げる風が吹いて
だれかの手が

そっとわたしの頭を押さえた
首をめぐらせなくても
わたしにはわかる
母の手の感触だ　と

ふたりの誕生日は
三月の同じ日
幼いとき
母に聞いたことがある
　わたしはどこからきたの？　と
　母さんがきたのと同じところだよ

年を経て
ひとり暮らしの長かった母の電話はいつも

――頼むからな
という言葉で終った
――うん　わかったよ
とわたしも同じ答えを返していたのに
今年　母と並んで歩いていたとき
――母さん　頼むからね
と声をかけたのがわたし
――うん　わかったよ
と答えてくれたのが母

吹き返しの風に乗って
母は杖なしでかえっていった
心配そうな　勇気づけするような
その声だけが

いつまでも響いている
わたしの心底で

花信風

桜の花便りが届いた日
曇っていた空の一角から
ひとすじの光が差し込んできた
誘われるままに歩いていくと
ひとりの男が手招きしている
若い頃の父だ

連れ立って歩く
気がつくと

わたしも十八歳の娘に戻っている

谷川沿いの
満開の山桜の下で
お弁当をひろげた
たった一度だけの
父が誘ってくれたお花見
わたしの旅立ちの日だった

その時なにを話したのか
覚えていない
傍らに座る愛犬のナチが
ふたりの唇からこぼれ落ちる
ポクポクとした半熟の言葉を

首を傾げて拾っていた

持参した日本酒で
すこし心がほぐれたのか
父がつぶやくように言った
——人生には死角がある
　得意のときこそ気をつけろ

自分の未来にしか関心がなかった
あの頃のわたし
父の言葉を嚙みしめたのは
ずっと後のことだ
思いのままに生きられなかった父の
子に託したひと言を

やわらかな風が
髪を揺らす
蕾をほどく
父が姿を消した齢に佇むわたしは
いま　向き合っている
花信風のなかで
より強く結ばれる父と

光風

はるか遠くに
押し流した想いが
ためらいがちに
わたしの窓をたたく朝がある
いまたどりついた　という風情で

――よく来たね
と招き入れることもできるのだが
見守るだけにする

母親の眼差しで

想いが育てるはずの物語は
立ち枯れてしまっている
そこから先が知りたかったのに
そこから先も生きたかったのに

しかし
いつまでもつづくかと思われた
灰色の日々は
時がゆっくりと巻き上げてくれた
あとにあたらしい景色をひらかせて

——今日も生きていいんだよ

わき上がるように聴こえてくる声
そのなかを
らせん状に朝陽がのぼってくる

庭に出ると
伸びはじめた若芽が濡れている
さきほど雨が通り過ぎたからか
それとも想いの名残だろうか

光風がわたしをつつむ
透き通った衣を羽織らせて

涼風

歩きはじめたばかりの
おさな子のちいさな靴が
前方で手を叩く母親の笑顔の方へ
歩み寄っていく

ふいに
おさな子は前のめりに倒れた
母親の励ましの声がひびく
べそをかきながらも

また歩きはじめる
両手を泳がせながら

目標へ向かって前進する
おさな子の意志を
わたしは　いまも
刷り込んでいるだろうか
未来を紡ぐ細胞のなかへ

かつて
わたしを吹きわたった涼風
いつからだろう
その風を
手放してしまったのは

目標とするものの懐に
抱きとってもらえなくなった
その焦燥が
わたしの歩みを止めた
倒れたままでいることの
屈折した心地良さが
わたしの気を滞《とどこお》らせた

いま　母親に抱きしめられて
かつてのおさな子は
ひととき休んでいる
ふたたびの涼風を感じながら

やがて

するりと抜け出すと
公園の木立の方へ歩きはじめる
なんども転びながら
あらたな目標に向かって

新樹風

――目的を握りしめ
今日という日を忙しく歩いているが
ふと立ち止まる
そんな余裕があってもいいのでは？

だれの声だろう　あの声は
近道をしようと
公園の中を通り抜けていると
聴こえてきた声

あたりを見まわすと
新緑の樹々の間から
ひとりのおかっぱ頭の少女が歩み出る
とおいふるさとの里山から
いま駆けてきたという風情で

ほんとうに　あの頃は
掌に握っていたのは
やわらかな今日という日だけ
野山を駆け巡ること以外
目的などありはしなかった
けれど　ゴムマリのように
弾む心があふれていた

歩みを止めて
少女に向き合っていると
まっすぐに
少女はわたしのなかへ入ってくる
そして　つぶやく
――立ち止まれば
　違うものが視えてくるよ

ぐるりが
彩りを増してくる
まわりに心が染まり
弾んでくる
あなたは
わたしに吹いてきた新樹風

その心地良さにつつまれて
今　を踏みしめている

薫風

手を伸ばせば
逃げていく
ながめているだけなら
束の間　安らぎに浸ることができる
さあ　どうする
草むらに羽を休める揚羽蝶は
背をみせたまま
わたしを試みてくる

幼い日なら
すぐに手を伸ばしただろう
いや　補虫網をかざしたにちがいない
けれど　いまは違う
心眼に
焼きつけておきたいと思うようになった

この地上で
わたしが出会う生きものたち
姿によって　鳴き声によって
痕跡によって　情報によって
切なく結ばれている

蝶よ

しばらくそのままでいてくれ
いま　わたしのこころは
あなたを四次元の生きものとして
スケッチしている
おなじ時を
共に生きる仲間として

薫風が
あなたとわたしをつつむ
地上の生あるものの薫りを
ふかく　深く
染めつけるように

黒南風《くろはえ》

あなたのふるさとは？
とお尋ねなさるのですね
生まれ育ったところなら
すぐにお答えすることもできますが……

子供らは遠い日に巣立ち
父も母も旅立っていきました
だれも住まなくなった家屋は
よそ目にさしたる変化はなさそうにみえますが

内に深い寂寥を張りめぐらせていて
縁ある者を寄せつけなくしています
ときに　丈高くなった庭の草を抜き
木々の剪定などはしていますが
どなたの目も注がれることはなく
集落の墓標だけが増えていきます

彼岸の父と母から時おり便りが届くと
かくし文字のあいだから
匂ってくるものがあります
父の膝の上で嗅いだ煙草の匂いであったり
抱きしめられて鼻を掠めた母のエプロンの匂いであったり
はじめの頃はかすかでしたが
最近は強く感じるようになりました

懐かしいその匂いに
わたしのこころは感応するのです
父と母が　ほんとうのふるさとを
指し示してくれているのかもしれません

わたしが出発した場所は
そこなのでしょうか
そして　かえっていくのも

平穏ばかりではない日が増えてきましたが
かえる場所をみつけたことに
すこし安堵しています
まもなく長雨が続くでしょう
せめて今日だけでも

黒南風*が吹いてくれれば
父母への返信を書くことができるのですが

＊　黒南風　梅雨期のはじめに吹くやわらかな南風。

野分の風

ひとは
たがいに過ぎ去っていくもの
向かい合い
手が触れる近さにいても
刻々と離れている
そのことは
いくたびも復習していたのだが

野分の風が吹いた日

親しいひとが草むらに姿を消した

目を閉じると
共に過ごした時間が蘇る
悪意ある言葉さえも
とおい星から届いた光のように
切なく　またたいている

おーい　と呼ぶ声がする
おーい　と返す声が
胸底でこだましている
その呼応が
生の気脈を育んでいたのかもしれない

倒れた野の草を分けて
去っていく後ろ姿
ちいさな灯がひとつ
わたしから離れた
わたしのこころに鬆《す》をつくって

朔風

深夜
ベランダに出て耳を澄ます
さざ波のような
かすかな音が寄せてくる
地上に在るものの
時《よ》の靴音だ

いま
どこかで靴を脱いだひとがいる

あなたを支えつづけてきたその靴は
頑丈そうにみえていたのに
脱いでみれば目立たない華奢なもの
ほんとうにこれで
大地の上を歩いていたの?
と思うほどに……
そのとき
わたしを取り巻くように
吹いてくる朔風*
ひととすれ違ったときの息づかいのような
もしかして
わたしの想像をはるかに超えた
おおきな存在が
いま

あなた　という靴を履いて
立ち去ったのだろうか

はてしない宇宙を旅している地球が
傾きながらわたしの傍らを通り過ぎる
見上げると
遠去かる踝《くるぶし》が一瞬またたいて消える

＊　朔風　北から吹き寄せる風。

隙間風

隙間風が
吹き込んでくる
たてつけの悪い
わたしのこころに

——少し向きを変えてみたら
どこからか声がして
くるりとひと回りしてみる
右に左に揺すってみる

けれど
平穏な体勢には戻らない

はじめてのことではないのだ
なんども同じことを繰り返してきた
その凪は
山茶花の紅い花の盛りのときも
桜の花がちらつく日も
向日葵の花が孤高を保つ日も
諦念を促すのであった

わたしに与えられた日を
穏やかにめぐって生きていきたい
ただそれだけを願っているのに

隙あらば　と
鳩尾《みぞおち》めがけて吹いてくる

こころよ
隙間風が忍び込んできても
せめて
戯れる場所をつくってはくれまいか
手作りの海苔むすびなど持参して
談笑できる囲炉裏端のような場を

あなじ

どこからどこへ
航《わた》っていくのか
告げられないまま
艫綱《ともづな》が解かれた
もはや　ひとりの意志で
方向を定めることはできない
わたしは一艘の舟

日ごと　夜ごと

太陽と月の動きのなかで
行き先を風に問う
すこし目線を上げて
風を航る

ある日
吹いてきたのだ
あなじ*　が
わたしを試みるように届く声
　さあ　どうする
　航りきることができるか

測りがたい時空に
ひとり置かれて

わたしは艪を持つ手に力を入れる
わたしの人生は
自分へ還るための旅なのだろうか
それとも
遠去かるために与えられたものだろうか
と　自問する

＊　あなじ　冬、北西から吹く風。しばしば航行の妨げとなる。

Ⅱ

風巻《しまき》

わたしは
だれかに見守られている
その眼差しを
はじめて体感したのは幼い日
底冷えのする夜
掘炬燵を真ん中に
放射状に寝ていた家族六人が
まどろみのなかで
繭のようにわたしをつつんだぬくもり

子守歌のようにひびいていた
雨戸を鳴らす風の音

あれは
風巻*だったにちがいない
分厚いしあわせを吹き飛ばすほどの
それに気づかず眠ることができたのは
深い愛という上掛けに
つつまれていたからだろう

わたしは
だれかに見守られている
そう思うことで
起伏の多い日々を

くぐり抜けることができた
出会いと別れをくり返すたびに
風巻はさらに強く
わたしを試しつづけたが

たしかにいるのだ
わたしを見守っているひと
風巻の芯がほんのりあたたかいとき
そのひとの掌を
背中に感じることがある

＊　風巻　吹きまくる烈風。

守り風

朝ごとに
わたしを目覚めさせようと
そよいでくる風がある
固く窓を閉ざしていても
律儀にやってくる

だれに頼まれたのか
いつからその役割を引き受けているのか
尋ねたことはないが

ぐずぐずしていると
うしろにまわって
かすかな溜息のような音をもらす

生きてきた今までの日々と
生きていくこれからの日々
そして
生きることの終着は
生まれたときから
決まっているというけれども
生きることの道筋を
わたしに履修させるために
風は
朝ごとにくるのかもしれない

それよりも
わたしのたましいを知りつくして
ゆっくりと　さらにゆっくりと
わたしの軌道を
修正しにきてくれているのかもしれない

わたしの守り風よ

恵風

今日も出会ってしまった
通り抜け禁止　の立て札に

札を裏返して前に進む
　通り抜けることができなければ
　引き返せばよい
こころの声にしたがって
歩きつづける

こころの道は
どこへ通じているのだろう
抜け道を
探す学習は重ねてきたはずなのだが

なおも歩いていくと
ひとりの老婆に出会った
手に持った桜の小枝から
花びらがこぼれている
すれ違いぎわに
羽毛のような風に撫でられて
振り向くと
後ろ姿はすでに視えない

さらに歩いていくと
満開の桜の古木が一本立っている
見上げると
花びらはそよとしている
春風が花びらを沸きたたせる
その時を待つ風情で

通り抜けることなど
どうでもいい
いまは
この木の下に座って待っていよう
――降りしきる花びらに洗われたいから
――恵風につつまれたいから

葉分けの風

背筋を伸ばし
朝の光のなかに立つ
そのとき
わたしは一本の樹木

樹液に混じって
はるかに遠い記憶が
地下の根の闇を掻き分けて
立ち昇ってくる

わたしはどこからやってきた
一粒の種子なのだろう
どこの地で生きることもできたのに
この地を選んだことの意味

葉を繁らせ
葉を落とし
わたしのなかに
蓄えられていく年輪

天に　地に
この身を委ねることの
気楽さを

教えてくれたのは風

葉分けの風が吹いてくると
光がすみずみまで射し込んでくる
囀る鳥たちの声を抱いて
あしたを思い描くことができる

回風

さきほどまで
だれが腰かけていたのだろう
庭の隅の
揺り椅子が揺れている
そのひとは
どんな声に呼ばれて
立ち去ったのだろう

まだぬくもりの残る椅子に腰を下ろし

目を閉じる
さびしさは
どうしてこのように匂うのだろう
ふいに　回風*が吹いて
椅子ごとわたしを巻き上げる

さざ波のように寄せてくる
地球の孤独
そこに生きるものの孤独
かたわらを
宇宙の旅を続ける地球が通り過ぎる

わたしはどこに向かって
声を発すればいいのだろう

どこから遠い谺がかえってくるのだろう
空の果てには
時《よ》の靴を脱いだひとたちが
行き来するところがあるのだろうか

祈ることによって
深くつながるこの寂寥
ひろく散らばるこの孤独

＊回風　つむじ風。

時つ風

駅前通りを歩いていると
ふいに横に並んで
歩幅を揃えるひとがいる
首をめぐらせると
あした
四十年振りに再会するはずの友である

近頃わたしのまわりを時つ風*が吹くの
誘われるままに乗ってみたら

一日早くあなたのところへ来てしまったわ

笑いながら語る友の顔は
時を刻んではいるが仮面ではない
いつも前衛芸術を語り
わたしを刺激するひとだった
四十年なんて
一滴の雫が落ちるほどの距離かもしれない

わたしたちは歩いた
記憶のなかのおかやまの街を
ふたりにしか視えない街並みに添って
映画館があった場所に
にわか作りのスクリーンを設《しつら》え

共にみたヌーベル・バーグ映画を語り合った

あなたのその考え
まったく変わってないね
あなたの受け答え
昔のままよ

四十年分を行き来しながら
互いにくぐった時間を推し量る

あっ　時つ風が吹いてきた
乗り遅れないように帰るわね

そう言い残して

友の姿は視えなくなった
縁の糸はみえたりかくれたりしながら
螺線を描いて伸びている

＊ 時つ風　ちょうど良い頃に吹く順風。

恋風

駅のホームで
電車を待っていた
そのとき
視界を掠めるひとりの若者
目で追うが
すぐに人混みのなかへ消えていった

そんなはずはない
半世紀以上も前に出逢ったひとが

いま　現れるなんて
けれど　その姿形が
いまのわたしを揺らす

風は　こころで感じるもの
そのことにはじめて気づいた　若い日
風にも色々な味があることを知った

そんな弾む日々のなか
まっすぐには延びなかった想い
緩めることも　解くことも
思い及ばないままに
それから何度
恋風は吹いたことだろう

その度に
わたしを浚い　磨き
こころは豊潤さを増していった

時の狭間の
どのあたりに手をかければ
無事にあしたへ渡っていけるのか
わたしなりに
心積もりは持っているけれど
せめて　恋風よ
いまのわたしの
生を彩ってくれるようなひとを
吹き寄せてほしい

羽風

いま
飛び立ったのは　だれ？
野原からのかすかな羽風が
こころを揺らす

——それは　わたしです
声がして
傍らに立つひとがいる
すでに卒寿は過ぎているはずなのに

面差しは壮年のままで
――お久し振りですね
眼を閉じれば
鮮やかに視えてきます
わたしたち
どのようにして出逢い
何層にも時間を重ねて
縁を結んだか
たがいの結び目を解けば
思い出の野原に
ふたりの地図がひろがっていく

ここに栖むどれだけのひとが

羽風を残して飛び立っていくか
数えることはしない
わたしに在る映像は
何も変わらないのだから

かたちあるものは消えていく
どんなに固く握りしめていても　けれど
思い出は
わたしの日々を彩っていく
あらたな出発を促しながら

終風

受話器のむこうから
あたたかな風が吹いてくる
人からひとへ
おもいが届けられる風
言葉は風なのだ
そんな日
わたしはケーキに
ホイップした生クリームを
ふんわりと乗せて食べることにしている

電話をかける
きのう言葉足らずに別れたひとへ
手紙を書く
今は居所不明だけれど
きっとどこかで
元気に暮らしているはずのひとへ
この宇宙の
この地上の
ひとつの地域で共に過ごした時間が
失せるはずはない　と

思い出が靄っている方角へ
わたしの凪は

無事に吹いていくにちがいない
共有した時間を抱いて
そして
たくましい背におぶさって
日を渡っていったことを
あのひとに思い出させるために

言葉は風
人からひとへ
おもいが届けられる風　おもいを届ける風
たとえ
地上から離れた場所に
居場所を移したとしても
すぐにつながる

すぐにかえってくる
ぬくもりにつつまれて
終日吹いている風よ

ビル風

午後の街を歩いていると
とつぜん吹いてくるビル風
そんなとき
住み馴れた街がふいに遠のいて
わたしはひとりの旅人になる

むこうからやってくるのは
首をすくめた丸髷の女
どこか面差しが昔のわたしに似ている

――こんな強風は　はじめて
　匂いがないのね
と言い残して
江戸時代の岡山の街中へ消えていった

そして　横に並んだのは
セーラー服にお下げ髪の高校生のわたし
――風が運ぶ空気が美味しくないわ
　田舎へ帰っておいでよ
と肩をたたいて
昭和三十年代の故郷の方へ還っていった

立ちつくしたまま
わたしは見はるかす

林立するビルの群れを
そして選んだ終の住処は
マンション五階の部屋
風が巻き上げる空気を吸って
暮らしている

忘れたわけではない
わたしの故郷を
けれど
生を終える場所もまた
わたしにとっての故郷
その時まで
怠惰になりたがる感性を
鼓舞しつづけていく

ビル風に立ち向かいながら

不定風

年の瀬の街
目的を握りしめ
行き交うひとたち
そのなかに紛れて歩く

ふくらませていたちいさな願い
だれにも告げず
あたためつづけることが成就の奥儀
そう信じて日を踏みしめてきたが

定まらない風が吹いて
未練を残して萎んでいく

その風は
綿毛を飛ばすように
人とひとのあいだを掠めて過ぎる
やがて　その風は
慇懃に　狡猾に吹きつけてきて
油断していると
身動きできなくしてしまう
どうして気づかなかったのだろう
内にも　外にも
常に不定風が吹いていることに

見上げれば
ビルの上には青空がひろがっている
まばたきすると
わたしは寂寥のひろがりへ放たれる
あの場所からは
どのように視えているのだろう
わたしたち
望みの塊を胸に秘めて
ささやかに暮らしている姿が

穏やかに　緩やかに
日をわたれる極意があるとすれば
わたしと遊び戯れるように過ごすこと　と
不定風の

くぐもり声が聴こえてくる

自身風

弥生　誕生したときの風が
いま　頬を撫でる

わたしの旅はまだ続いているが
久しぶりに晤《あ》えた風は
父の手　母の掌となって
寄り添いつづけてくれている

旅の途上には何度も突風があった

翻弄されそうになったとき
防御　鎮静してくれたのは黄泉からの風
その父風　母風を咀嚼し　解き放ち
そのくり返しのなかで
鍛えられてきたわたしの魂

縁に結ばれ
縁に仕返しされるなか
出会いと別離の五情を
歩いてきた道程《みちのり》
いつのまにか年を重ねて
わたし自身から
いま　風が戦《そよ》ぎはじめている

この風は
清浄な大気となり
詩という戦ぎ風にもなり
だれかの心を揺らす

自身風は
日に日に彩りを増して
――明日も　街や村を回遊していく
と　信じて
わたしは今日を生きている

あとがき

私が、いつから風に関心を持つようになったのか、思い出そうとするのだが、はっきりしない。岡山県の三大河川の一つ吉井川と、その支流である吉野川が合流する農村地帯で育った私にとって、幼い頃から、風は身近にいる遊び友達のような存在であった。いや、母親の胎内にいた時から、風を感じていたのかもしれない。

五年ほど前、あらためて自分の人生を振り返った時、「私は、風と共に生きているんだな」という感慨を持った。幼い頃から馴染んできた風が、いつのまにか私の内に場所を移して吹いていることに気づいたのだ。

生きるということは、風の影響を大きく受ける。心地良い風ばかりではない。突風や暴風もある。けれど、それらの風をまともに受けながら、それでも生き継いでくることができたのは、私を生かそうとする慈しみの心が、どのような風の中心にもあったからではないのか、と思えるようになった。その心は、今を生きる人たちからだけではなく、彼岸に旅立った人たちからも届けられていたのだ。「風」をテーマにした作品を書きはじめたのは、その時からだ。

より親密に風と過ごしていると、風の名前は実に趣があり、新しい発見が多くあった。が、書き継いでいると、私にしか吹かない風もあって、私が命名したものもある。作品「自身風」を書き上げた時、一冊の詩集にまとめることを決めた。

いつも、温かい励ましの言葉をかけてくださる詩友の方々、この詩集のお世話をしていただいた土曜美術社出版販売社主髙木祐子様、「詩と思想」編集長中村不二夫様、装丁の森本良成様に、心からお礼申し上げます。

二〇二一年六月　梅雨の晴れ間に記す

壺阪輝代

著者略歴

壺阪輝代（つぼさか・てるよ）

一九四二年　兵庫県に生まれる
一九六九年　詩集『夢をうつ』（詩の会・裸足）
一九七九年　詩集『日を透る』（詩の会・裸足）
一九八三年　詩集『玄楠記』（詩の会・裸足）
一九九〇年　詩集『川波・旅立ち』（手帖舎）
二〇〇二年　詩集『銀杏のなかの道』（詩の会・裸足）
二〇〇七年　エッセイ集『詩神《ミューズ》につつまれる時』（コールサック社）
二〇〇八年　詩集『探り箸』（コールサック社）
二〇一〇年　新・日本現代詩文庫82『壺阪輝代詩集』（土曜美術社出版販売）
二〇一二年　詩集『三日箸』（土曜美術社出版販売）第十三回中四国詩人賞
二〇一六年　詩集『けろけろ　と』（土曜美術社出版販売）

詩誌「ネビューラ」同人
日本現代詩人会、日本詩人クラブ、中四国詩人会、岡山県詩人協会会員

現住所　〒700−0817　岡山市北区弓之町五−二二−五〇二

詩集　慈《いつく》しみの風《かぜ》

発　行　二〇二一年九月二十八日

著　者　壺阪輝代
装　丁　森本良成
発行者　高木祐子
発行所　土曜美術社出版販売
〒162-0813　東京都新宿区東五軒町三—一〇
電　話　〇三—五二二九—〇七三〇
ＦＡＸ　〇三—五二二九—〇七三二
振　替　〇〇一六〇—九—七五六九〇九
印刷・製本　モリモト印刷

ISBN978-4-8120-2646-5　C0092